Cartero

Jeff Barger y
Pablo de la Vega

Rourke Educational Media
A Division of Carson Dellosa Education
rourkeeducationalmedia.com

CONEXIONES ROURKE

de la ESCUELA a la CASA

ANTES Y DURANTE LAS ACTIVIDADES DE LECTURA

Antes de leer: *construcción de los conocimientos del contexto y el vocabulario*

Construir los conocimientos del contexto puede ayudar a los niños a procesar nuevas informaciones y fortalecer los saberes que ya poseen. Antes de leer un libro es importante ahondar en lo que los niños ya saben sobre el asunto. Esto les ayudará a desarrollar el vocabulario e incrementar su comprensión lectora.

Preguntas y actividades para construir los conocimientos del contexto

1. Mira la tapa del libro y lee el título. ¿De qué piensas que tratará el libro?
2. ¿Qué sabes ya de ese tema?
3. Hojea un libro y echa un vistazo a sus páginas. Mira el índice, las fotografías, los pies de foto y las palabras en negritas. ¿Estas características del texto te dan alguna información o intuiciones acerca de lo que vas a encontrar en el libro?

Vocabulario: el vocabulario es clave para la comprensión lectora

Sigue estas indicaciones para iniciar una conversación acerca de cada palabra.

- Lee las palabras del vocabulario
- ¿Qué viene a tu mente cuando ves cada palabra?
- ¿Qué piensas que significa cada palabra?

Palabras del vocabulario:

- *buzón*
- *código postal*
- *estampillas*
- *oficina de correos*

Durante la lectura: *leer para entender y encontrar significados.*

Para lograr una comprensión profunda de un libro, hay que animar a los niños a hacer uso de estrategias de lectura atenta. Durante la lectura, es importante que los niños hagan pausas y conexiones. Dichas conexiones dan como resultado análisis más profundos y un mejor entendimiento del libro.

Leyendo con atención un texto

Durante la lectura, pide a los niños que hagan una pausa y hablen de lo siguiente:

- Cualquier parte confusa.
- Cualquier palabra desconocida.
- Texto con texto, texto con uno mismo, texto en conexión con el mundo.
- La idea principal de cada capítulo o encabezado.

Anima a los niños a usar claves contextuales para determinar el significado de cualquier palabra desconocida. Estas estrategias ayudarán al niño a aprender a analizar el texto de manera más completa durante la lectura.

Cuando acabes de leer este libro, ve a la penúltima página para encontrar una **actividad posterior a la lectura.**

Índice

Ayudantes comunitarios

Los ayudantes comunitarios están por todas partes.
Hacen que nuestra vida sea mejor.

¿Cómo es que recibimos cartas?

Los carteros nos las traen.

Enviando una carta

Escribes una carta.

La pones en el **buzón**.

La carta es recogida. ¿Qué sigue?

Unos empleados postales van a la **oficina de correos**.

Dejan ahí el correo.

UNITED STATES
POST OFFICE
PRIORITY MAIL FLAT RATE MEDIUM BOX
LETTER MAIL ONLY
ALL MAIL WILL BE
POSTMARKED TODAY
UNITED STATES
POSTAL SERVICE

Algunos empleados postales trabajan en la oficina de correos. Venden **estampillas**.

USA FIRST-CLASS FOREVER

Entregando una carta

Las cartas son acomodadas en grupos. Estos grupos van al mismo lugar.

Un cartero recoge el correo.

Tu carta es entregada.

Los carteros nos ayudan a estar en contacto con los demás. Son ayudantes comunitarios importantes.

Actividad

Dibuja una estampilla

Las estampillas suelen incluir a un personaje famoso o alguna cosa. ¿A quién o qué pondrías en una estampilla?

Qué necesitas

- computador
- papel
- lápiz
- crayones
- marcadores

Instrucciones

1. Pide la ayuda de un adulto para ver diseños en línea.
2. Piensa en quién o qué pondrías en una estampilla.
3. Dibuja un rectángulo pequeño, del tamaño de una estampilla.
4. Dibuja una imagen dentro del rectángulo.
5. Anota el nombre de tu país en tu estampilla. Ponle también un costo.

Glosario fotográfico

buzón: una cajón donde un cartero recoge y entrega cartas y paquetes.

código postal: una serie de números y/o letras que ayudan a los empleados de los servicios postales a saber dónde mandar una carta o paquete.

estampillas: pedazos pequeños de papel adhesivo que pegas en una carta o paquete que será enviado por correo.

oficina de correos: el lugar a donde la gente va a comprar estampillas y mandar cartas y paquetes.

Índice analítico

Actividad posterior a la lectura

¿A quién conoces que le gustaría recibir algo especial en su correo? Manda a esa persona una tarjeta postal, una carta o un paquete.

Sobre el autor

Jeff Barger es escritor, bloguero y especialista en literatura. Vive en Carolina del Norte. Le gusta recibir regalos por correo. Especialmente si es comida.

www.rourkeeducationalmedia.com

Edición: Kim Thompson
Tapa y diseño interior: Kathy Walsh
Traducción: Pablo de la Vega
Edición en español: Base Tres

Photo Credits: cover, title page, p.20: ©FangXiaNuo; p.5: ©Rawpixel.com; p.7: ©monkeybusinessimages; p.9, 22: ©Andrey Popov; p.11: ©Captainflash; p. 13, 22: ©Jonathan Weiss; p.15, 22: ©AVAVA; p.17: ©Grant Blomdahl; p.19, 22: ©andresr

Library of Congress PCN Data

Cartero / Jeff Barger y Pablo de la Vega
(Ayudantes comunitarios)
ISBN 978-1-73163-024-7 (hard cover - spanish)(alk. paper)
ISBN 978-1-73163-023-0 (soft cover - spanish)
ISBN 978-1-73163-025-4 (e-Book - spanish)
ISBN 978-1-73163-375-0 (ePub - spanish)
ISBN 978-1-73161-426-1 (hard cover - english)(alk. paper)
ISBN 978-1-73161-221-2 (soft cover - english)
ISBN 978-1-73161-531-2 (e-Book - english)
ISBN 978-1-73161-636-4 (ePub - english)
Library of Congress Control Number: 2019945498

Rourke Educational Media
Printed in the United States of America,
North Mankato, Minnesota